# UN FIASCO DE BRUJA

Published in the United States of America by Star Bright Books, Inc., New York.
The name Star Bright Books and the Star Bright Books logo are registered
trademarks of Star Bright Books, Inc. Please visit www.starbrightbooks.com.

ISBN  1-59572-010-3 (Hardback)
ISBN  1-59572-011-1 (Paperback)

Printed in China  9 8 7 6 5 4 3 2 1

Library of Congress Cataloging-in-Publication Data is available.

Para Jennifer,
Jill,
Kate,
Daniel,
y
John

# Había una vez una bruja. . .

todo en ella era pequeño

excepto su nariz,
que era **MUY** grande.
Tenía dos dientes torcidos
y una cabellera rojiza,
larga y estropajosa.

Tan largo era su cabello
que siempre se tropezaba con él.

Usaba un sombero negro alto,

puntiagudo y

ligeramente

aplastado

como los que usan
todas las brujas

guantes anaranjados,
un chal negro de lana tejido a mano,
un viejo delantal a cuadros,
medias a rayas rojas y blancas
y unos curiosos zapatos negros
con hebillas doradas.

Tenía una escoba confiable y
resistente y un gato negro
llamado Valentín.

# Aquí mismo puedes verla. . .

¡Era realmente una BRUJA

brujosa,

horrible y

espantosa!

# Pero. . .

Cuando intentaba *hacer* brujerías
nunca resultaban como se espera
de una bruja.

Como cuando quería reírse con una carcajada
malvada y asustar a todo el mundo.
Nunca sonaba "Jua jua jua jua."
Siempre sonaba "Ji ji ji ji."

O como
cuando quería ir a Portugal,
o a Chicago,
o a la casa de sus vecinos de al lado,
se montaba en su escoba confiable y resistente
pronunciaba todo tipo de palabras mágicas,
esperaba unos instantes y. . .

NUNCA pasaba nada.

Entonces sacudía su escoba confiable y resistente
y en voz muy ALTA
pronunciaba más palabras mágicas,
esperaba un rato laaaaargo. . .
y aún así nada sucedía.
¡Nada de nada!

La escoba no se movía ni un centímetro.

Cuando quería convertir
a Valentín en un caimán,
o en un hipopótamo,
o en un caramelo,
se ponía a gatas y lo miraba
fijamente mientras pronunciaba
todo tipo de palabras mágicas,

y esperaba. . .

y esperaba. . .

¡pero Valentín seguía siendo un gato!

Cuando quería preparar una ración
de Poción Mágica, echaba sus mejores
ingredientes en su mejor cacerola. . .
Cosas como

LECHE AGRIA
PAPRIKA
MELAZA
HUESOS DE CIRUELAS PASAS
CÁSCARAS DE HUEVO
TÓNICO PARA EL CABELLO
PELADURAS DE MANZANA
SALMUERA
CANELA
AUTÉNTICA AGUA DE LLUVIA
JARABE PARA LA TOS

y

*Mantequilla de maní.*

Y luego revolvía,
y revolvía, y revolvía.
Y pronunciaba todas las palabras mágicas que se le
ocurrían. Y luego volvía a revolver un poco más.

Chispeaba un poco,
pero nunca humeaba,
ni burbujeaba,
ni **EXPLOTABA**

como se espera de todas
las Pociones Mágicas.

¡Lo único que hacían era darle
dolor de barriga a Valentín!

Finalmente, la pequeña bruja decidió que no tenía caso. Colocó su escoba confiable y resistente en un rincón.

Se quitó los curiosos zapatos
negros con hebillas doradas.

Se quitó el delantal a cuadros.

Se quitó el chal negro de lana tejido a mano.

Se quitó el sombrero negro alto,

puntiagudo y

ligeramente aplastado.

Se quitó los guantes anaranjados.

Se quitó la cabellera rojiza, larga y estropajosa.

Se quitó la *máscara*.

Y se fue a dormir.

Valentín hizo lo mismo.